D0941057

BRUNO

Quelques jours de ma vie très intéressante

À Noun, mon chat de tous les jours

Catharina

Loi numéro 49 956 du 16 juillet 1949 sur les publications
destinées à la jeunesse : novembre 2015
Dépôt légal : décembre 2015
Imprimé en France par Pollina Fastline à Luçon - L2236
ISBN 978-2-211-22461-1

BRUNO

Quelques jours de ma vie très intéressante

Des histoires de Catharina Valckx
illustrées par Nicolas Hubesch

l'école des loisirs
11, rue de Sèvres, Paris 6e

Un jour bizarre

Ce jour bizarre a commencé comme un jour normal.
Je marchais dans la rue, il y avait un peu de vent, mais pas beaucoup.
Pas une tempête, juste un petit vent de saison.

Tout à coup j'ai vu un poisson juste
à côté de moi. Il nageait dans l'air.

« Bonjour, j'ai dit. Tu ne devrais pas être dans l'eau, toi ? »
« Si, a répondu le poisson. Je n'y comprends rien.
C'est bizarre ce qui m'arrive… »

Le poisson m'a suivi. Peut-être parce que je lui avais parlé.
Il se sentait un peu perdu, je pense.
Je suis entré chez Gloria pour acheter du lait.
Le poisson était toujours avec moi, donc il est entré, lui aussi.

« Bonjour Bruno ! » a dit Gloria, comme d'habitude.
Et puis elle a vu le poisson et elle a ouvert de grands yeux.
Le poisson était tout timide. Gloria lui a demandé s'il aimait le lait.

Il a répondu avec une petite voix qu'il n'en avait jamais goûté.
Évidemment ! C'était la première fois qu'il sortait de l'eau !
Alors Gloria a voulu qu'il goûte son lait, et le poisson n'a pas osé refuser.

Résultat : le poisson s’est senti mal.
« C’est bizarre que mon lait l’ait rendu malade », a dit Gloria.

« Ce n'est pas bizarre du tout, j'ai répliqué.
Un poisson ne boit pas de lait. Il boit de l'eau avec des petits bouts d'algues.»
«Voui», a confirmé le poisson, si bas qu'on l'a à peine entendu.

À ce moment-là, Michou, le vieux poney, est entré.
Il est entré à reculons. Il nous a salués et il a dit : « C'est bizarre,
je ne peux marcher que comme ça, à reculons.»

Malgré son problème de marche arrière, Michou avait bien envie d'un verre de lait. Moi aussi d'ailleurs. Mais soudain le poisson s'est mis à pousser des petits soupirs inquiétants. Il n'avait pas l'air bien du tout. « Il faut vite le remettre à l'eau », j'ai dit.

Gloria est restée dans sa boutique.
C'est normal, il n'y avait personne pour la remplacer.
Même les jours très bizarres, certaines choses
restent normales, j'ai remarqué.
Michou, le poisson et moi, nous sommes partis
en vitesse vers la rivière. Le poisson
était tout tremblant, le pauvre.

Au moment où j'allais le jeter à l'eau,
le poisson a dit, tout bas : « Suivez-moi. »
« Suivez-moi, comment ça ? » j'ai demandé.
« Suivez-moi dans l'eau. »

« Euh… je suis un chat », j'ai dit. Mais bizarrement,
j'avais envie de le suivre. Michou aussi.
Il a dit : « Pourquoi pas, pendant qu'on y est ! »

Ce qui était bizarre, c'est qu'on pouvait respirer sous l'eau
sans aucun problème et sans boire la tasse. C'était formidable.

Le poisson s'est senti tout de suite beaucoup mieux.
Il nous a dit qu'il s'appelait Pû. Ce n'est pas un nom bizarre pour un poisson, Pû. Il y en a plein qui s'appellent comme ça, paraît-il.
Pû nous a présentés à sa famille et à ses amis.

Le vieux Michou, sous l'eau, a rajeuni de vingt ans. Il s'est mis à nager à reculons à toute allure. Ça faisait rire les petits poissons. Alors nous avons tous fait la course à reculons avec Michou.

Et c'est notre Pû qui a gagné ! C'est un peu bizarre que Pû ait gagné la course alors qu'il était encore tout patraque juste avant. Mais bon. Les jours bizarres, il ne faut s'étonner de rien.

La nuit est tombée d'un seul coup. Comme si quelqu'un
avait éteint la lumière. Je ne voyais plus rien du tout.
Juste une algue un peu phosphorescente.
J'ai cherché Michou à tâtons. On a fait la bise à Pû
(enfin, j'espère que c'était lui) et on est partis.

Michou m'a raccompagné à la maison.
Il ne marchait plus à reculons. Tout était redevenu normal.
Je lui ai dit : « C'était le jour le plus bizarre de ma vie.»
Et Michou m'a fait rire, parce qu'il a répondu :
« Des jours bizarres comme ça, j'en veux bien tous les jours, moi ! »
Je n'ai rien dit, mais si tous les jours étaient bizarres,
ils ne seraient plus bizarres, ha, ha !

Parfois je suis très intelligent, même quand je suis tout mouillé et fatigué.

Un jour de pluie

Le matin, quand j'ai regardé par la fenêtre, j'ai vu un rideau de pluie.
La pluie tombait tellement fort qu'elle cachait tout.

Eh bien, je me suis dit, je ne vais peut-être pas sortir tout de suite…
J'allais prendre mon petit déjeuner, quand quelqu'un a frappé à ma porte.

C’était Michou. Il était trempé comme une soupe.
« Qu’est-ce que tu fais dehors, par ce temps ? » j’ai demandé.

« Chez moi, c'est pareil que dehors, a dit Michou. Ça fuit de partout. »
« Entre », j'ai dit.

Michou avalait goulûment mon lait chaud quand, de nouveau, quelqu'un a frappé à ma porte. C'était Georgette, la tourterelle. Elle aussi était trempée comme une soupe.

«Avec ce temps, c'est impossible de voler, a dit Georgette.
Et si je marche, je me noie dans les flaques d'eau.»
« Entre », j'ai dit.

Michou et Georgette goûtaient joyeusement mes confitures quand,
de nouveau, quelqu'un a frappé à ma porte.
« N'ouvre pas, Bruno, a dit Michou, il ne reste pas beaucoup de confiture. »

« C'est vrai, a confirmé Georgette, il y en a juste assez pour nous trois. »
C'est incroyable, non ? Quels égoïstes, ces deux-là !
Bien sûr, je suis allé ouvrir.

Je n'aurais pas dû. C'était l'affreux Gérard. Trempé comme une soupe. Il m'a poussé et s'est engouffré dans la cuisine.

« J'ai vu entrer une grosse tourterelle »,
a grogné l'affreux Gérard en secouant sa fourrure.

« Ah oui ? a bredouillé Michou, une tourterelle ?
Elle est repartie, je crois. »
« Je l'ai pas vue sortir », a grogné l'affreux Gérard.
« C'est qu'on ne voit rien, avec toute cette pluie », j'ai dit.

L'affreux Gérard reniflait l'air.
« Elle est encore ici. Mon flair ne me trompe jamais. Ça sent l'pigeon.»
Il s'est mis à chercher partout. Dans les placards, dans le frigo, même dans le four.
Georgette, cachée sous la table, était morte de peur.

Et voilà que, dans le placard à balais, l'affreux Gérard a découvert mon parapluie. « Un parapluie ! » il s'est écrié, comme s'il avait trouvé le trésor des quarante voleurs. Il l'a ouvert, l'a examiné, et il a fait un grand sourire qui montrait toutes ses dents.

L'affreux Gérard était si heureux de sa trouvaille qu'il en a oublié Georgette !
Il est ressorti sous la pluie sans nous dire au revoir.
J'avais perdu mon parapluie, mais on était drôlement soulagés, je peux vous le dire.
Surtout Georgette.

Il a encore plu des cordes tout l'après-midi.
Michou et Georgette étaient bien contents d'être au sec.
« Et surtout, je suis contente d'être encore vivante ! a dit Georgette.
C'est juste dommage que tu n'aies pas plus de confiture, Bruno. »

Ah là là, je me suis dit, je les aime bien, Michou et Georgette,
mais dès que la pluie aura enfin cessé, je les mettrai à la porte !

Un jour de panne d'électricité

Ce jour-là, il y avait une panne d'électricité dans ma rue.
Le soir, pour ne pas être dans le noir, j'ai allumé des bougies. C'était très joli.

Comme il n'y en a pas souvent,
j'aime beaucoup les jours de panne d'électricité.

Un jour idiot
(qui finit plutôt bien)

Ce jour-là était un jour idiot. Mais je ne le savais pas encore. Il faisait beau, et j'avais rendez-vous avec mon copain Michou, le vieux poney, pour faire un pique-nique dans le parc.

J'ai sonné chez Michou.
Du haut de sa fenêtre, il a crié : « Monte, Bruno !
Je ne peux pas descendre, je me suis tordu le pied ! »

Ça commençait bien. Je suis monté. Devinez ce qu'il avait fait, Michou.
Il avait sauté une marche, dans son escalier, avec les yeux fermés !
Il est complètement idiot. Les yeux fermés ! À son âge !

«Tant pis pour le beau temps, j'ai dit.
On va faire un pique-nique en appartement.»
Je n'avais quand même pas tout préparé pour rien.
J'ai étalé la nappe sur le lit.

Une corneille s'est posée sur le rebord de la fenêtre.
Elle s'est mise à jacasser.
« C'est pas très propre de manger sur le lit. Et puis cette nappe…
couleur canari pourri, berk ! Moi, j'ai horreur des canaris. »

C'est pénible d'écouter une corneille complètement idiote.
Surtout pendant un pique-nique qui n'est déjà pas terrible.
« Parce que tu connais un canari, toi ? » lui a demandé Michou.
« Non. Mais il y en a un chez Gloria depuis ce matin.
Un canari perdu. »

Moi, j'aime bien le jaune et j'aime bien les canaris.
J'ai décidé d'aller tout de suite chez Gloria pour acheter du lait, et surtout pour le voir, ce petit canari perdu.

En traversant la rue, j'ai failli me faire écraser par une famille de sangliers.
Les jours idiots, il faut faire très attention, c'est bien connu.

Chez Gloria, j'ai tout de suite vu le canari. Il était tout penaud.
« Il s'est installé là, m'a dit Gloria. Je ne sais pas d'où il vient.
Et il n'a pas l'air de le savoir non plus. Hein, Titi ? »
« Il s'appelle Titi ? » j'ai demandé.

« C'est moi qui l'appelle comme ça, a dit Gloria.
Il parle, mais je ne comprends rien à ce qu'il dit. Il mélange les mots. »
« Caramel pour les trottoirs », a dit Titi.
« Tu vois ? Il parle charabia. »
« Tu as envie de faire un pique-nique, Titi ? » j'ai demandé.
« Autocar », a répondu Titi avec un petit sourire.
J'ai compris que ça voulait dire quelque chose comme oui.

Dans la rue, Titi s'est envolé. J'ai cru qu'il allait partir.

Mais non.
Il a fait trois petits tours
et il s'est posé sur ma tête.
« Pyjama ! » il a crié joyeusement.
Je ne sais pas ce qu'il a voulu
dire exactement par « pyjama »,
mais, en tout cas,
il est resté avec moi.

Je suis retourné chez Michou avec Titi.
«Michou, je te présente Titi. Titi, Michou.»
«Heack ! Qu'il est laid, ce canari pourri ! » a piaillé
cette idiote de corneille, qui était toujours là.

«Tambour des salades ! » lui a répondu Titi.
Ça m'a fait rire, mais j'ai bien vu que Titi était vexé.
Il avait les yeux pleins de larmes.

Je me suis approché tout près de cette vilaine corneille
et j'ai rugi comme un lion féroce. Grrrroâââ !
Elle a eu la peur de sa vie et elle s'est envolée.
Ha ha ! Bon débarras.

Mais ce qui est bête, c'est que du coup, avec mon rugissement féroce, j'avais fait peur aussi à Titi. Il s'était enfui, lui aussi. Michou et moi, nous sommes restés tout désolés, à la fenêtre, en espérant qu'il revienne. Mais il n'est pas revenu.

Je n'avais plus tellement envie de rester chez Michou.
Ce gros gourmand avait déjà presque tout mangé, de toute façon.
Et j'avais oublié d'acheter du lait, avec tout ça.
C'était vraiment le pique-nique le plus nul de ma vie.

J'ai failli me faire écraser de nouveau par les mêmes sangliers.
C'est incroyable, non ? Ils le faisaient exprès ou quoi ?

Je suis allé dans le parc. J'ai essayé de me consoler en me disant que l'avantage d'un jour idiot, c'est qu'on est content quand il se termine. Beaucoup plus content qu'à la fin d'un jour très chouette. J'allais m'endormir quand j'ai entendu une petite voix joyeuse : « Chic, chic, électrique ! »

C'était Titi ! J'étais bien content de le revoir.
Et comme il restait encore quelques miettes au fond du panier,
nous avons fait un mini-pique-nique, Titi et moi. Avec presque rien.

Vous me direz que pour un jour idiot, il finissait drôlement bien,
celui-ci. C'est vrai. Et comme dirait Titi : « Merci les barbouillis ! »

Un jour beaucoup moins intéressant

Maintenant, je vais raconter un jour beaucoup moins intéressant.
Tu te souviens de ce jour pas du tout intéressant, Michou?
Euh... non. C'était quel jour?
C'est le jour où il ne s'est rien passé d'intéressant!
Ah oui. Je ne sais pas si tu dois le raconter. Ça risque d'être drôlement ennuyeux, non?
Laisse-moi plutôt raconter une bonne blague!
Oui, tu as raison.

Alors voilà. C'est une devinette. J'espère que vous ne la connaissez pas déjà.
Pourquoi un éléphant est-il gros et gris et rond?
Euh...
Parce que s'il était petit et blanc et carré, ce ne serait pas un éléphant, ce serait un sucre.
HA HA
HA
HiHiiiii
Qu'il est bête, ce Michou! Voilà. C'était la bonne blague qui n'était pas une blague mais une devinette! C'est toujours mieux qu'un jour pas du tout intéressant!
HiiiiHiii
Hi Hiiiiiiii

Un jour presque parfait

Un matin, en regardant passer les nuages, je pensais
aux jours qui passent, comme les nuages, tous différents.
Les bons jours, les mauvais jours, les jours un peu moyens…
Et je me demandais ce que pourrait bien être un jour parfait.

J'ai réfléchi et j'ai fait une liste de tout ce que je voudrais faire un jour parfait :

1- *Voir Titi, le canari.*
2- *Voir Michou, le vieux poney.*
3- *Jouer avec eux (avec Titi et Michou).*
4- *Trouver un trésor et le donner à une famille de pauvres qui meurent de faim. (Ça, c'était une super idée, je trouve. Très héroïque.)*
5- *Manger une glace avec mes copains et peut-être aussi avec les pauvres qui meurent de faim.*

Très bien, je me suis dit. Si j'arrive à faire tout ça en un jour, ce sera un jour parfait. Je vais commencer tout de suite.

Je suis allé voir Titi, le numéro un de ma liste.
Titi s'était installé tout près de chez moi.

Je lui ai demandé s'il voulait m'accompagner chez Michou.

« Locomotive au paradis ! » a répondu Titi,
qui mélangeait toujours les mots, et il m'a suivi.

Chez Michou, il y avait Georgette. Elle n'était pas sur ma liste, mais ça tombait bien quand même. La journée commençait à être déjà très chouette. J'étais arrivé au numéro trois de ma liste : jouer avec mes amis.

Nous avons eu l'idée d'aller tous ensemble à la gare. Mais pas pour prendre le train…

… pour jouer dans les grands escalators !
Michou, Titi, Georgette et moi, on adore
jouer à monter et à descendre les escalators.

Titi était déchaîné, il piaillait tout le temps :
« Allô j'écoute ! Surprise-party ! »
Les animaux se demandaient qui était ce petit hurluberlu.

Au moment où je remontais pour la vingt-huitième fois,
j'ai remarqué un paquet, abandonné au sommet de l'escalator.
Ah ! je me suis dit, c'est peut-être un trésor !

J'ai ouvert le paquet
avec précaution.
C'était un beau cageot
de carottes.
« Miam », a dit Michou.
« Pas touche ! j'ai dit.
J'ai un plan.
Je vais les donner
à des pauvres qui
meurent de faim. »

Je connais un endroit où habite une famille de pauvres lapins. Mais au moment où nous sortions de la gare, un gros raton laveur s'est rué sur moi en hurlant : « Au voleur ! Au voleur ! »

« Je ne suis pas un voleur ! j'ai dit.
J'ai trouvé ces carottes et je vais les donner à des pauvres.»
« C'est ça, oui ! a crié le raton laveur. Et ta belle-mère est la reine d'Angleterre ! Rends-moi mes carottes ou j'appelle la police ! »

Il voulait me mordre, cet enragé !
J'ai posé le cageot et je lui ai tourné le dos.

C'était fichu pour aider les pauvres. Je n'étais pas devenu un héros.
Enfin, pas ce jour-là. Mais j'avais essayé, ce qui n'était déjà pas mal.
(C'est Michou qui m'a dit ça pour me consoler.)

Georgette a proposé qu'on aille manger une glace.
Le dernier numéro de ma liste ! Ce n'est pas aussi facile que ça en a l'air
de réussir un jour parfait, mais une bonne glace, ça aide beaucoup. Miam.

En rentrant chez moi, je suis passé sur le pont et j'ai aperçu Pû.
Mon cher petit Pû, je l'avais oublié sur ma liste !
J'ai appelé : « Ohé ! Pû ! C'est moi ! »
Pû a sauté hors de l'eau et il a crié : « Bonjour Bruno ! »
et plouf, il est retombé.
Il a sauté de nouveau et il a demandé : « Tu vas bien ? » et plouf, il est retombé.

« Oui ! j'ai répondu. Très bien, même ! Aujourd'hui, c'est un jour presque parfait ! » et plouf, mon béret est tombé à l'eau. Je l'ai regardé partir à la dérive.

Mon béret était perdu.
Du coup ce n'était plus un jour
parfait du tout.
C'était plutôt un jour presque raté.

POUF

Ha! ha! Merci!
C'est fini, les radis!